MARUPIÁNAS

MITOS INDÍGENAS DO CENTRO-OESTE

YAGUARÊ YAMÃ E IKANÊ ADEAN

MARUPIÁNAS

MITOS INDÍGENAS DO CENTRO-OESTE

Ciranda Cultural

Texto
© Yaguarê Yamã e Ikanê Adean

Editora
Michele de Souza Barbosa

Preparação
Adriane Gozzo

Revisão
Fernanda R. Braga Simon

Produção editorial
Ciranda Cultural

Diagramação
Linea Editora

Design de capa
Ana Dobón

Ilustrações
Laerte Silvino

Dados Internacionais de Catalogação na Publicação (CIP) de acordo com ISBD

Y192m Yamã, Yaguarê.

Marupianãs - mitos indígenas do centro-oeste / Yaguarê Yamã ; Ikanê Adean ; ilustrado por Laerte Silvino. - Jandira, SP : Ciranda Cultural, 2025.
80 p. : il; 15,50cm x 22,60cm. - (Mitos indígenas do Brasil).

ISBN: 978-65-261-1874-0

1. Literatura infantojuvenil. 2. Cultura indígena. 3. Lendas. 4. Pluralidade cultural. 5. Literatura indigenista. 6. Brasil. 7. Povos tradicionais. I. Adean, Ikanê. II. Silvino, Larte. III. Título. IV. Série.

2024-2070 CDD 028.5
CDU 82-93

Elaborado po Lucio Feitosa - CRB-8/8803

Índice para catálogo sistemático:
1. Literatura infantojuvenil 028.5
2. Literatura infantojuvenil 82-93

1ª edição em 2025
www.cirandacultural.com.br

PARA DANIEL MUNDURUKU

SUMÁRIO

O Centro-Oeste e suas faces mitológicas 9

Iakayreti 12

Awara' i, o homem-raposa 16

Itsekê 20

Kilaino 22

Yurikoyuvakái 25

Enoré e a origem das pessoas 28

Os Ma'it 32

Os Karuat 34

Tkaha 36

Janaryt e Tumej 38

Ypawu, a lagoa sagrada 41

Haluhalunekisu, a árvore do mundo 44

Te-djuáre, o homem da perna apontada 47

Pitanoé 51

Kwaza e a origem do Kuaryp 52

Maramy’jangat, o transformador de gente ... 57

Ana†txïbï Itxïtxïbï ... 61

Kupþkasák ... 63

Zurugo, o arranca-língua ... 65

Kupendiepes ... 68

Katira ... 70

Kynyxiwe e a origem do povo Iny ... 72

Glossário ... 75

Sobre Yaguarê Yamã ... 77

Sobre Ikanê Adean ... 79

O CENTRO-OESTE E SUAS FACES MITOLÓGICAS

Se na Amazônia há um universo mítico conhecido, cujas lendas viraram "folclore brasileiro", no Centro-Oeste há outro menos conhecido e bem mais nativo, ligado à etnia dos povos.

Neste livro, os personagens mitológicos provam isso. Histórias cujas falas, muitas vezes, só são narradas ao ar livre, diante do fogo, durante a noite, nos centros das aldeias mais distantes... Histórias das mais diversas e povoadas por seres alados e deuses doadores de vida.

O Centro-Oeste, com suas nações nativas e culturas ímpares, é um emaranhado de religiosidades e cosmologias um tanto ignoradas. Daí por que precisamos conhecer seus mitos, seus costumes e o Brasil que se esconde ali.

Neste livro buscamos mostrar a cara nativa e morena desse recanto brasileiro, o Centro-Oeste, por meio de diversos mitos de alguns povos conhecidos e de outros nem tanto assim. Desejamos, com isso, ressaltar valores da nossa terra que precisam ser conhecidos e, assim, alimentar culturalmente o povo brasileiro, ainda carente de conhecimento sobre o próprio país.

Yaguarê Yamã e Ikanê Adean

IAKAYRETI

Mitologia do povo Enawenê-Nawê

O cosmos Enawenê-Nawê é dividido em quatro "andares" ou camadas. A primeira camada é vazia – um espaço infinito, inalcançável e sem vida. A segunda camada é o céu, ou Eno, localizado acima do patamar terrestre e hábitat dos belos e bondosos deuses Enolenawe, e também das almas de animais de todas as espécies; a vegetação ali é exuberante e sempre verde, e a terra, incomparavelmente fértil e constantemente cultivada; seus dois principais rios, depois de receberem vários tributários, formam um perfeito delta. A terceira camada é o patamar terrestre, onde vivem os seres humanos. E, por último, há a camada Ehatekoyoare, que, localizada abaixo do patamar terrestre, é um amplo e sinistro universo dominado por uma incessante penumbra, com a presença de um "sol frio" e de uma chuva fina permanente; é aí que habitam os terríveis Iakayreti.

Os Iakayreti são seres malignos responsáveis por desgraças, por doenças e pela morte das pessoas. Contrapondo-se à beleza

e à perfeição física dos deuses Enolenawe, os Iakayreti são deformados: alguns não têm pés, outros não têm mãos, e outros, ainda, têm as gengivas à mostra. Não possuem articulação nas juntas dos braços e pernas, e, desprovidos de olhos, não enxergam, mas mesmo assim encontram comida e humanos por meio do faro. Seus cabelos são longos, e as unhas, grandes e sujas. Não sabem sorrir nem chorar; são preguiçosos, brigões e carrancudos; nada constroem e nada cultivam; por isso, vivem roubando comida alheia ou obrigando os humanos a alimentá-los no dia a dia e durante as festas de colheita.

O patamar subterrâneo é onde moram, mas quase sempre estão perambulando por ilhas, morros, cachoeiras, lagoas, corredeiras e barrancas de rio. Vivem desorganizados, sem governo, completamente desprovidos de sociabilidade.

Aos Iakayreti pertencem importantes espécies vegetais, e a eles se destina toda a produção agrícola; são donos dos peixes, que trocam por aquilo de que mais gostam, o sal vegetal, que só os homens são capazes de fabricar. Uma vez recebido o sal, eles voltam a alimentar-se de peixe, partilhando-o com os humanos durante os banquetes festivos nas aldeias.

Os Enawenê-Nawê são os que sofrem com suas aparições. Com medo, preocupam-se em produzir e oferecer comida aos Iakayreti, e assim evitam que estes ataquem as pessoas com malinezas e doenças. Temendo sua fúria, anualmente as aldeias lhes oferecem fartos banquetes, e assim eles marcam presença ali durante as cerimônias. De olho nos "comes e bebes", incorporam-se nos homens e nutrem-se por meio deles.

Nem todo tipo de alimento, entretanto, satisfaz o desejo desses predadores. Quase sempre insatisfeitos, eles visitam cotidianamente as malocas à procura de comida. Se ficam contrariados com o que veem, voltam irritados para seu domínio, aplacando inexoravelmente sua ira contra os Enawenê-Nawê.

AWARA' I, O HOMEM-RAPOSA

Um mito trumai

Awara'i é o nome do homem-raposa, entidade benfazeja do povo Trumai que, segundo contam os pajés, adotou uma menina órfã, a qual cresceu e com ele se casou.

Por ser mais velho que sua linda esposa, Awara'i não queria mais sexo, e, por isso, ela o traiu com um caçador. Isso até se tornou um ditado, pois, na cultura trumai, quando uma mulher casada tem um caso com outro homem, e o marido não sabe, diz-se que ele é Awara'i.

Sempre que amanhecia e o sol aparecia a partir da aldeia do urubu-rei, segundo a tradição, Awara'i tocava a flauta jacuí, que, na língua trumai, é chamada de Kut. Com isso, todos os animais da floresta apareciam e, com ele, tocavam e dançavam, agradecendo a vida ao Criador. Seus parceiros mais fiéis eram a onça, o veado, o mutum, a seriema e o sapo.

O casal tinha um filho chamado Tuhu, mas que não era de Awara'i, e isso ele não sabia, apesar de já desconfiar da infidelidade da esposa, pois, certa vez, havia dito isso a ela.

A moça, porém, enganara o marido por todo aquele tempo, dizendo que o filho era dele:

– É seu, sim... Olha os olhos, olha o pé, olha a orelha dele!

Mesmo com tal situação, Awara'i cuidava bem da criança.

Enquanto isso, a esposa, ardendo de paixão pelo amante, não parava mais de se encontrar com ele, até que este propôs:

– Vou matar Awara'i. Só assim seremos felizes juntos.

– Mas como você o matará?

– Vou flechá-lo. Raposa só morre de flechada.

Depois de algum tempo, portanto, o amante ficou de tocaia aguardando por Awara'i. Tinha posto veneno em sua flecha, e o homem-raposa estava para passar, quando o caçador teve dor de barriga. Saiu dali para defecar, no momento em que o homem-raposa passou e se livrou da morte pela primeira vez.

Na segunda vez, o homem esperou Awara'i no porto da aldeia dele. Quando o homem-raposa se aproximava, apareceu um veado, e, com vontade de comer carne de veado, resolveu flechar o animal e deixou Awara'i vivo.

Já na terceira vez, não houve mais jeito, e, antes de Awara'i morrer, ele saiu correndo, falando que ia fazer cocô na cinza do fogo. No caminho gritou, chorou, para dar azar aos homens. Depois, voltou correndo para sua aldeia e tapou as flautas de jacuí, e por isso elas não têm o mesmo som que tinham antes.

Os sábios dizem que, antigamente, a flauta jacuí podia ser ouvida muito longe, e, sobre a morte de Awara'i, quando alguém a conta, logo se ouvem um uivo e um choro, pois ele sabe que estão falando de sua triste história. Quem ouve esse choro, então, pode ter certeza de que algo ruim está para acontecer. Pior ainda é ouvir o grito dele no centro da aldeia. Quando grita e chora, as pessoas saem para falar para ele ir embora e deixá-las em paz.

ITSEKÊ

Mitologia do povo Kuikuro

As akinhá ekugu, "narrativas verdadeiras" chamadas de "mitos" do povo Kuikuro, contam como o universo passou a existir e também explicam a origem de cantos, festas, e de tudo que existe no mundo. Assim, também contam sobre um distante tempo em que os humanos viviam entre os espíritos Itsekê.

Itsekê são seres sobrenaturais que povoam a floresta e o fundo das águas. Estão por toda parte. São extremantes perigosos, capazes de causar inúmeras doenças e mortes às pessoas.

Providos de diversos poderes, podem transformar-se em humanos, minerais ou animais. Como humanos, capricham na sedução de mulheres, quase sempre as engravidando, criando, com isso, seres mistos.

São maus por natureza, mas, em contrapartida, podem ser muito úteis às pessoas como "espíritos" auxiliares dos hüati (pajés). Dessa maneira, os pajés tornam-se, inclusive, amigos desses espíritos e com eles aprendem a lidar com as doenças e com os problemas atribuídos a outros espíritos. Nas visões e viagens realizadas pelos pajés, são os Itsekê que liberam essas dádivas, e, se não fosse por esse meio, jamais os pajés conseguiriam tais prodígios.

Não se sabe ao certo a aparência verdadeira dos Itsekê; mesmo assim, em festejos e rituais feitos para o restabelecimento da ordem, do equilíbrio e da saúde, máscaras são confeccionadas para representar vários tipos deles.

Em Kahü, o mundo celeste cujo “dono” é o urubu-rei, moram os mortos e os Itsekê, que, juntos, habitam as aldeias.

No Parque Indígena do Xingu, onde vivem os Kuikuro, povo de origem Jê, acredita-se que a akunga (alma) do morto se desprende do corpo, perambula durante certo tempo entre os vivos, para depois empreender uma longa viagem de encontros e batalhas, com aves e monstros, os quais, às vezes, conseguem destruir definitivamente a akunga. Os mortos têm destinos diferentes, dependendo do seu tipo de morte. Os Itsekê são os responsáveis por levá-los para seus destinos.

KILAINO

Monstro da mitologia dos Kura-Bakairis

Espécie de duende dos Bakairis, uma variante do curupira dos povos tupis, Kilaino é um ser de pele amarelada, estatura mediana, olhos vermelhos, pés virados para trás, rabo curto e que pode locomover-se despercebidamente dentro da floresta. Tem o poder de aparecer e sumir com rapidez dentro da mata, por entre as árvores, sem que se saiba de onde veio ou para onde vai.

É um ser da natureza, criado pelos deuses como mediador entre a floresta e os humanos. Não gosta de maltratar as pessoas, mas, quando flagra alguém maltratando as árvores ou os animais, usa seus poderes para castigá-lo.

Os Bakairis, ou Kura-Bakairis, povo Karib habitante do norte de Mato Grosso, creem no Kilaino e o colocam como uma das principais entidades de seu panteão, nem tanto pelos seus poderes, mas pela importância que têm na natureza e pela função de mediar a relação entre o homem e natureza.

Às vezes se transforma em uma lindíssima mulher ou em diferentes pássaros e assinala a sua presença com um assobio que assombra os humanos infratores, o qual ninguém consegue localizar.

YURIKOYUVAKÁI

O deus duas-faces do povo Terena

No mito de origem do mundo, os terenas, povo habitante de Mato Grosso do Sul, explicam como o grande deus Yurikoyuvakái criou as pessoas, inclusive o próprio povo que viria a ser chamado de seus filhos.

Um longo relato fala de Yurikoyuvakái e dá uma ideia concreta a respeito da fisionomia e da própria essência desse deus: um deus duplo, com duas faces, que traz, com isso, a dualidade do bem e do mal, em curso na crença do povo terena.

Trata-se de um deus com espírito e personalidade gêmeos, no qual, quando se olha de um lado da sua face, se vê bondade, caridade e mansidão; porém, do outro lado, percebe-se ignorância, maldade e raiva.

Após o mundo ter sido criado, Yurikoyuvakái tirou os terenas de baixo da terra e ensinou-lhes o uso do fogo e das ferramentas agrícolas. Eles, que moravam no mundo subterrâneo, não tinham nenhuma ideia de como era viver no mundo de cima; então, deus, usando a face boa, os ensinou com paciência e mansidão, até aprenderem.

Assim, quando os terenas erram e fazem coisas que Yurikoyuvakái desaprova, ele os castiga com a face oposta. Isso inclui guerras, fome, doenças...

Essa dupla face do herói fundamenta o comportamento dos membros das metades xumonó (gozadores, "bravos") e sukirikionó (sérios, "mansos"), ainda presentes em muitos aspectos da vida social e cerimonial terena.

Todo mundo que sonha com situações espirituais e tem traços de pajé relaciona-se bem com Yurikoyuvakái. O resultado dessa boa relação é o dom de cura.

Os antigos dizem que, antes de Yurikoyuvakái encontrar os humanos, vítuka, o bem-te-vi, descobriu onde havia gente debaixo do brejo. Bem-te-vi marcou o lugar e, em seguida, voou até o deus de duas faces e retirou as pessoas do fundo da terra através de um buraco que fez.

Depois que os humanos começaram a morar no mundo da superfície, Yurikoyuvakái, não encontrando uma mulher bonita para ser sua esposa, resolveu ir até a roça, pegou uma foice e cortou a árvore de maniva. Desse pedaço de maniva fez uma moça muito linda. Segundo dizem, preferiu fazer seios maiores que os das mulheres que já existiam, e assim surgiu a mãe do povo Kadiuweu.

Para trazer o uikú (fogo) para os humanos, Yurikoyuvakái sentou-se em cima de uma árvore e, então, depois de uma face conversar com a outra, decidiu o que fazer. Assim, mandou xavokóg, o tico-tico, achar o fogo. O passarinho voou para outro mundo e não o encontrou. Sem desanimar, o deus mandou kanóu, o coelho.

O coelho pulou, pulou tanto por aí que finalmente encontrou o fogo, mas estava sendo vigiado pelos demônios Tokeóre.

Sabendo onde havia fogo, Yurikoyuvakái foi até os Tokeóre e, poderoso como era, pegou um ramo de ingá e assustou-os. Em seguida, arrancou uma varinha da rama e a fez pegar fogo. Foi assim que trouxe o fogo e o deu aos humanos.

ENORÉ E A ORIGEM DAS PESSOAS

Mito do povo Haliti

No início de tudo não havia ninguém, só Enoré, o grande criador do mundo. Enoré tinha uma filha e um filho. Eles cresceram rápido, e, certa vez, enquanto buscavam água para o pai, ouviram um barulho de dentro da terra que os amedrontou; então, foram chamar o pai.

Enoré olhou, escutou com os ouvidos encostados no chão e deduziu:

– Deve ser o povo sagrado que irá aparecer, e eu os ajudarei.

Assim, Enoré bateu seu cajado sobre uma rocha, a qual se abriu. Em seguida, o grande povo Hali emergiu de dentro da abertura, próximo ao rio do Sangue.

O primeiro Haliti a aparecer começou a tocar flauta e a dançar, até que um pequeno pássaro voou para fora da pedra por uma fenda, retornando mais tarde para dizer aos outros como era bonito ali fora.

Então o deus Wazáre persuadiu vários pássaros e animais a que aumentassem a fenda, a fim de que todos pudessem sair. Um grupo de irmãos saiu do interior da terra por uma abertura na rocha, transportando-se do mundo subterrâneo, onde vivia, para outro, situado na superfície, que constituía o mundo haliti. Esses irmãos contribuíram, de formas diversas, para a conformação deste mundo. Eram eles: Wazáre, Kamazo, Zakálo, Zalóya, Zaolore, Kóno, Tahóe, Kamaihíye. O primeiro a sair foi Wazáre, o mais velho dos irmãos, que orientou a saída dos mais novos e cuidou de instalá-los em diversos locais do novo mundo que descortinavam.

Quando saíram da pedra, os irmãos tinham uma aparência singular: eram peludos, possuíam rabos, tinham dentes compridos e membranas entre os dedos das mãos e dos pés, sugerindo que estivessem em um estado "quase humano". Acontecimentos diversos concorreram para a transformação da aparência dos irmãos, em um processo gradativo que contou com o auxílio de seres do mundo animal (cutia, mutuca e formiga), que moldaram os corpos dos ancestrais para que atingissem a forma haliti. Mas havia um homem, chamado Kuytihoré, que não arrancou todos os seus pelos corporais. Esse homem era rico: tinha gado, cavalos e ferramentas de aço, os quais ofereceu para compartilhar com Wazáre. Ele deixou Wazáre zangado, e este disse: "Eu não quero gado, porque eles vão sujar o espaço em frente às casas dos meus filhos. Não quero ferramentas, porque elas são envenenadas e vão matar meus filhos. Vocês vão para o outro lado da ponte de pedra, e não se misturem com os Paresí". Kuytihoré foi para longe, ficou entre os brancos e teve muitos filhos.

Ao final do processo de transformação, os irmãos saídos da pedra se tornaram aptos a manter relações sexuais e procriar. Wazáre e seus irmãos encontraram as filhas do rei das árvores (Atyáhiso) e com elas se casaram. Essas, por sua vez, também não se encontravam completas, isto é, seus corpos não estavam prontos para copular e conceber. O processo de "humanização" das mulheres se fez por meio dos maridos, que detinham os instrumentos necessários para torná-las halóti (ser humano do sexo feminino). Utilizando-se de um dente de paca, os homens modelaram a vagina das mulheres, tornando-se seus criadores. As mulheres também participaram da "humanização" dos seres míticos, uma vez que foram elas quem ordenaram às mutucas que modificassem o órgão sexual masculino, de forma a adequá-lo ao tamanho de suas vaginas.

Os frutos dessas uniões foram os haliti Kozárini (filhos de Kamazo), os Kazíniti (filhos de Zaolore), os Warére (filhos de Kóno), os Káwali (filhos de Tahóe) e os Wáimare (filhos de Zakálo e Zalóya). Wazáre não gerou filhos, e Kamaihíye também não deixou descendentes; os Wáimare são filhos de dois irmãos que mantiveram relações sexuais com a mesma mulher.

OS MA'IT

Deuses criadores da mitologia kawaiweté

O cosmos está habitado por uma infinidade de seres sobrenaturais, não humanos. Há muitos tipos diferentes desses seres. Há os diversos "donos dos animais" e "donos dos peixes"; os perigosos anyang e mama'é, que roubam as almas dos homens; os heróis culturais (demiurgos), que ensinaram aos Kawaiweté tudo que sabem hoje em dia; e os deuses Ma'it, os grandes pajés do céu. Todos esses seres povoam a mitologia kawaiweté, por meio da qual compreendem e atuam no universo em que vivem.

Desses, o de maior destaque, com certeza, são os deuses-pajés.

Os espíritos Ma'it são seres antigos, xamãs poderosos, descritos nas histórias dos antepassados. Atualmente, eles vivem "no horizonte", "nas profundezas das montanhas" ou "no céu".

Eles habitavam este mundo, ou a terra (ywy), antes da humanidade, mas partiram depois de brigar com os humanos, fazendo com que as suas casas subissem às nuvens. Agora vivem na terra do céu (ywaga). A maioria dos Ma'it é gentil com os Kawaiweté e os ajuda na cura de doenças causadas por uma série de seres espirituais, invisíveis, incluindo os "donos dos animais", literalmente os "verdadeiros animais" (wyra futat) e os "donos dos peixes" (karuat), seres que capturam as almas humanas em retaliação pela caça de seus animais e peixes.

Os Ma'it também advertem sobre as atividades dos inimigos, especialmente os "brancos" (tapay'yia), até mesmo ajudando os Kawaiweté a enfrentá-los quando necessário.

OS KARUAT

Os donos dos peixes na mitologia kawaiweté

Os donos dos animais vivem no fundo da floresta ou dentro de cavernas, e os donos dos peixes vivem no fundo das águas, também considerados locais remanescentes de épocas passadas, ancestrais.

Em todos os rios vivem os donos dos peixes, os Karuat. Não se sabe se são homens ou mulheres, mas, sim, que são donos de todos os animais da água, além de muito perigosos para os humanos.

Eles puxam as pessoas pelo pé para o fundo da água. Um dos Karuat é o tacapé'i, a onça-d'água. Na água também vive uma harpia com aparência de homem, que é dona de todas as harpias.

Anyang é um ser especialmente temido, pois é o chefe dos mama'é. Vive na mata densa, e quem for caçar sozinho poderá encontrá-lo. Nessas ocasiões, ele se revela sob a aparência de um homem e fala com o caçador a fim de enganá-lo.

Captura crianças, mulheres e homens adultos, que então ficam doentes e morrem, caso não sejam curados pelo pajé, o único capaz de fazer isso.

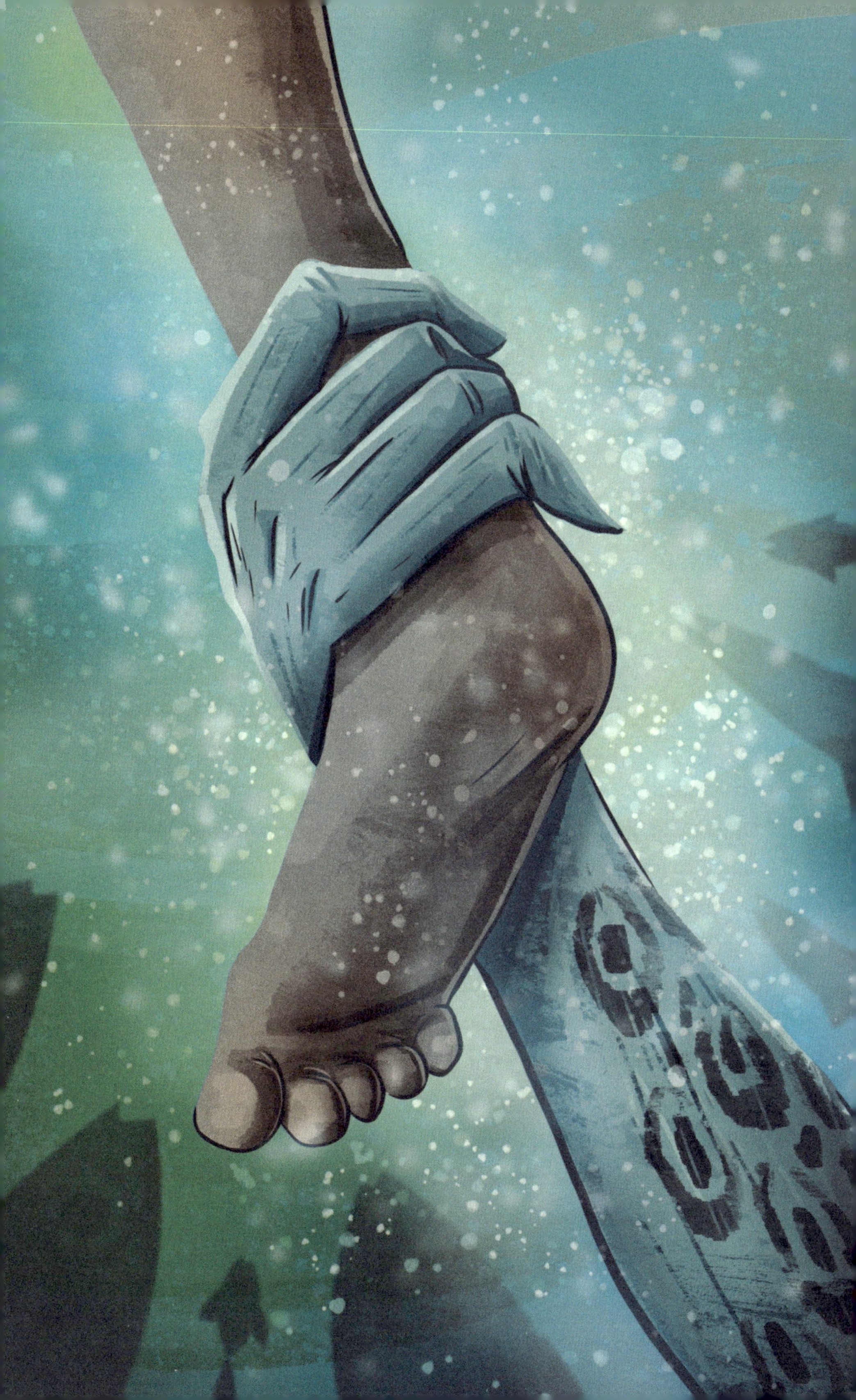

TKAHA

Deus da mitologia Manok

O povo Manok, também conhecido como irantxe, vive no território de Mato Grosso e tem como deus o poderoso Tkaha.

Ele é todo espírito, não havendo forma nem corpo. Daí por que se diz: palosi moyanán. Não possui essência nem nenhuma matéria para se poder dizer "Eu vi Tkaha na mata", ou em qualquer outro lugar. No entanto, ele é sentido no coração e na cabeça, quando alguém pressente estar próximo a ele ou quando, do nada, resolve cantar ou dançar para ele.

Sentir Tkaha é como estar no céu: uma porção de bons sentimentos invade o corpo, o que faz o crente não querer mais deixá-lo.

Tkaha está em todo lugar da natureza: na floresta, no ar, na água... Também pode estar em um pedaço de madeira ou dentro de uma pessoa – momento em que a possui, e esta, cheia de espírito divino, profetiza, dá conselhos e cura os doentes por meio da medicina espiritual. Esses são pajés, os sábios curandeiros do povo.

Tkaha não é casado, vive no mundo de cima e conhece todas as coisas.

No mundo de cima onde Tkaha vive há uma gigantesca maloca, denominada ini, e é para lá que as pessoas boas vão quando morrem. Assim, morrer fazendo o bem é um privilégio, pois, na certa, poderá morar com Tkaha em um lugar de paz e de felicidade eterna.

Por isso um irantxe, neste mundo de crueldades e sofrimentos, precisa ter cuidado para não cometer maldades. E quem quiser morar com Tkaha em sua casa tem a obrigação de viver bem, sem brigas nem perversidades, obedecendo a tikiãdá, as leis da natureza instituídas por Tkaha, que são: não matar, não roubar, não cometer adultério nem deixar de acolher quem esteja viajando e não tem lugar para pousar.

Tkaha é nobre e benigno, detesta maldades; por isso, quem fizer o mal e não for morar com Tkaha irá para o mundo de baixo, onde vivem os espíritos malignos, e passará a eternidade trabalhando para eles, sem descanso.

Esse deus também não suporta que os indígenas briguem entre si. Portanto, pede para evitar que os povos, mesmo sendo diferentes e de lugares distantes, guerreiem. E, se não gosta que povos de raças diversas briguem, imagine gente do mesmo povo! Para Tkaha, isso é impensável.

JANARYT E TUMEJ

Mito do povo Aweti

Janaryt e Tumej são irmãos e, juntos, formam a classe das entidades donas dos rios e lagos na mitologia Aweti. Desde o começo do mundo, eles assumiram a responsabilidade de cuidar dos rios no mundo, para que fossem reconhecidos como os donos das águas. Para isso, dividiram-se: Tumej responsabilizou-se pelos lagos, dentre eles os lagos sagrados Makawaja e a lagoa Alahatua; já Janaryt responsabilizou-se pelos rios, dentre eles, claro, o grande e sagrado rio Xingu, chamado também de Ywarawyry. Janaryt também é dono dos rios Kuluene, Kurizevo, Batovi, Ronuro, Steinen, Arraia e Suiá-Missu.

O plano de Janaryt e Tumej era distribuir essas águas para os humanos em todo o mundo, e assim fizeram. Foram eles que criaram os rios, cavando valas e baixando vastos terrenos para que a água escorresse e, com isso, chegasse até a aldeia dos seus afilhados humanos.

Todos sabem que, primeiramente, as águas foram descobertas por Kwaza – o Sol e a Lua, netos de Wamutsini; porém, foram os

irmãos Janaryt e Tumej que as distribuíram, o que a humanidade toda deve a eles.

Quando os Kwaza (Sol e Lua) souberam que a água havia sido espalhada e dividida, ficaram chateados com os gêmeos e tentaram até puni-los, pois sua intenção era manter a água só para o povo Aweti. Os gêmeos, então, fugiram e pediram ajuda a Wamutsini, avô dos Kwaza, para que os detivessem. Assim, por ordem de Wamutsini, os irmãos Tumej e Janaryt passaram a ser os espíritos protetores das águas, tirando essa função dos Kwaza; e, a partir daí, as águas, tanto dos rios e dos lagos quanto dos mares, estão sob os cuidados dos irmãos gêmeos.

Eles, além de ser bondosos, fazem questão de visitar, de tempos em tempos, os portos das aldeias, elevando os rios e alagando as terras baixas, o que cria a estação das cheias, quando os povos têm mais facilidade para se locomover.

Fazem-se presentes por meio da borboleta monarca, que, voando nas margens dos rios, movimentam as águas, tanto para cima quanto para baixo; por meio desse movimento o mundo foi feito, e a sabedoria de Tumej e Janaryt tem ajudado os povos, todos os anos, a viver na Terra, de acordo com a natureza.

Tumej e Janaryt também têm esposas. Tumej é casado com a filha da Cobra-Grande e com ela vive na casa da sogra, nas cabeceiras do rio Xingu; Janaryt, por sua vez, é casado com a filha do peixe Jaú e com ela vive também na casa do sogro, no fundo do rio Kuluene.

Ambos têm centenas de filhos, e é possível ver sua descendência distribuída por todos os lugares, tanto na terra quanto na água. Assim, cobras e peixes são parentes e todos descendem dos irmãos Tumej e Janaryt.

YPAWU, A LAGOA SAGRADA

Mitologia kamaiurá

Muito tempo atrás, pouco depois do surgimento do povo Kamaiurá, a lagoa Ypawu ainda não existia; o que havia no lugar dela era uma aldeia chamada Mawaiaka. Lá morava Awa-Mawaiaka, sua esposa, seus filhos e sua família.

Mais adiante, em um lugar denominado Morená, morava outro homem, chamado Apytyia, que foi quem começou a tomar a raiz kumanaum, usada pelos jovens no período de reclusão.

Certo dia, enquanto Apytyia pilava milho para o plantio, a mãe dele viu uma pomba comendo a raiz de kumanaum e o avisou:

– Filho, a pomba está bicando toda a sua raiz.

Apytyia, então, parou seu serviço e correu para espantar a pomba, que saiu voando.

A pomba não voou baixo; seguiu para cima e, quanto mais alto voava, mais sua barriga, onde estava o caldo da raiz de kumanaum, crescia. Depois ela voou em direção à aldeia Mawaiaka, e, quando estava bem em cima dela, ela abriu o bico e derramou o caldo que estava na sua barriga.

Esse caldo foi crescendo, crescendo, e, ainda antes de chegar à terra, já era um aguaceiro cheio de peixes de todo tipo. Nesse instante a aldeia foi inundada e virou lagoa. As piranhas que haviam nascido no papo da pomba comeram todas as pessoas. A própria pomba pediu que os jejus comessem a família de Awa-Mawaiaka.

Awa-Mawaiaka, que estava na roça plantando milho durante o ocorrido, ao chegar à aldeia só viu uma grande lagoa cheia de peixes. A aldeia não mais existia. Ainda tentou procurar a família, fazendo uma canoa, remando aqui e ali, entre as ilhas no meio da lagoa, mas nada encontrou. Então desistiu.

Foi assim que surgiu a lagoa Ypawu, hoje uma lagoa sagrada, criada da água da raiz do kumanaum.

HALUHALUNEKISU, A ÁRVORE DO MUNDO

Mitologia do povo Haletesu

Os Haletesu, etnia da família Jê dos nhambiquaras do sul, localizados em Mato Grosso, creem que, na abóbada celestial, existe uma enorme árvore chamada Haluhalunekisu, cujas raízes profundas e grandes cresceram tanto que envolvem todo o planeta Terra.

Halu, halu é a palavra que simboliza o choro da mulher-espírito, dona dessa grande árvore. A mulher-espírito, por sua vez, é protetora da figueira-do-mato, espécie dessa árvore muito comum nas matas ciliares do território dos povos nhambiquaras.

Na língua haletesu, nekisu significa "árvore". Assim, Haluhalunekisu é a "Árvore do choro", que sustenta a terra e o céu. No entanto, apesar de gigantesca, não é visível a todos, mas somente aos olhos dos wanintesu (pajés) e das pessoas com potencial poder de espírito, os médiuns – únicos capazes de viajar às alturas com o auxílio de uma pena de gavião, presa ao orifício do septo nasal.

Por ser grande demais, a Haluhalunekisu se expande entre o mundo dos espíritos e o dos homens. Embaixo, próximo das raízes, estão os homens; já em cima, em seu topo, está o deus Dauasununsu, ser supremo dos Haletesu, conhecedor de todas as coisas, que reina na copa do frondoso vegetal.

Ele não está só. Nos galhos mais embaixo, moram os seres celestiais – espíritos cuja função é somente cuidar das pessoas. São eles: dawisu – as aves tesoureiros grandes; sitakakaihru – os tesoureiros pequenos; e kwaiasu – os curiangos.

Nos galhos mais baixos ainda moram os watitinsu – as libélulas (jacinas), encarregadas por Dauasununsu de fazer chover.

No início de tudo, quando o mundo estava recém-criado por Dauasununsu, essas libélulas desceram até à terra e sacudiram tanto os kujatsu – partículas minúsculas semelhantes ao pólen – de seu corpo que, em vez de chover de maneira esporádica, caiu um dilúvio, e toda a terra foi inundada.

Sem poder caçar, dormir e até mesmo se sentar, pois tudo estava inundado, e cada dia mais ainda, os homens resolveram procurar a árvore Haluhalunekisu.

Andaram por todos os lugares, em todos os cantos do mundo, mas não a encontraram. Foi assim que a humanidade pereceu, e só sobreviveu um velho de nome Kullitsu, o único a encontrá-la.

Kullitsu, com o auxílio das almas dos homens que haviam morrido, conseguiu subir até à árvore sagrada e ensinar às libélulas o tempo certo e a quantidade de pólen a ser jogada na terra, para que parasse de chover. Assim, os watitinsu aprenderam a distribuir chuva com regularidade.

Nos galhos da grande árvore Haluhalunekisu, vive também um dautatasu (gavião), temido tanto pelos pássaros e insetos que moram na árvore como pelos experientes wanintesu, que conseguem seguir suas raízes e atingir o firmamento para renovar seus poderes espirituais junto a Dauasununsu. Quando se ouve o choro do filhote de gavião, é sinal de que a figueira necessita adquirir a vitalidade perdida, e seu solo, a terra dos homens, passar por uma limpeza, para que o tempo volte à normalidade.

A vitalidade de Haluhalunekisu, a grande árvore do mundo, se faz necessária para o equilíbrio do mundo, bem como para o contato do mundo dos espíritos com o dos homens. E, caso os humanos não parem de destruir a natureza, sujar e espalhar lixo por todo o planeta, todos vão saber da consequência: a grande árvore protetora morrerá, fazendo também morrer as florestas e o verde do planeta. E, se ela cair, cairá com todo o céu em cima do mundo dos homens, destruindo tudo e a vida de todos.

TE-DJUÁRE, O HOMEM DA PERNA APONTADA

Mito do povo Mebêngôkre de Mato Grosso

Contam os anciões que, certa vez, um mebêngôkre do grupo Txukahamãe foi pescar no lago e acabou levando uma ferroada de uma arraia.

Sem ter remédio para se curar, sua perna apodreceu e só ficou o osso, sem o pé. Depois, só para ridicularizar a si mesmo, resolveu apontar o osso, o que lhe resultou o apelido Te-djuáre – "o perna apontada".

Nessa época, o povo Mebêngôkre era nômade; então, ao chegar o tempo de se mudar para outro lugar, desfizeram a aldeia e foram embora, mas deixaram Te-djuáre para atrás, pois não queriam ter trabalho com um aleijado.

– Já não nos bastam os perigos dos povos inimigos e da onça que nos cerca... – disse um ancião, fazendo cara de descaso e empurrando Te-djuáre para fora do caminho, enquanto passava.

Muito triste, ia ficar sozinho, mas a esposa resolveu permanecer com ele.

– Casei com você, com você vou morrer – disse ela.

Isso foi terrível para Te-djuáre, que não aceitava ser chamado de inválido. Viu-se humilhado pela necessidade de ser carregado pela mulher.

Já sozinho, e depois de praguejar sobre a própria vida, chamou a mulher e a mandou abaixar-se para que ele subisse em suas costas. A mulher deixou seus afazeres e logo foi ajudá-lo: pôs-se de costas e agachou-se, para que pudesse subir; foi quando ele teve uma terrível ideia. Em vez de subir, resolveu transpassar-lhe a nuca com a ponta do osso.

O sangue correu e empoçou o chão. O homem não se arrependeu: riu daquela situação macabra e, daquele momento em diante, resolveu ser mau, passando a perseguir as pessoas.

Assim, nasceu o mito de Te-djuáre, o homem da perna apontada.

Ele rezou para Krapok, o espírito maligno, e assim obteve o poder de voar e pular sobre as árvores com a facilidade de um bugio.

Não demorou muito para que começasse a mortandade entre os Mebêngôkre. Te-djuáre voava pelos ares, matando um e outro, sempre furando as vítimas na nuca.

Foram tantas as vítimas em um só dia que o povo resolveu se vingar. Após uma longa reunião, fizeram a imagem de uma pessoa em madeira mole e, em seguida, a adornaram para que ficasse parecida com um guerreiro. No final, pintaram-lhe o rosto de preto, como é costume no clã Txukahamãe.

Um homem ficou escondido por trás da imagem e começou a desafiar Te-djuáre para um combate. Enquanto isso, os demais se esconderam nos arbustos, aguardando sua vez de agir.

Logo Te-djuáre apareceu e passou a golpear a imagem que pensava tratar-se de uma pessoa. O chute foi tão forte que o osso cravou na madeira e impossibilitou o monstro de defender-se, quando o povo todo saiu do esconderijo. Foi, então, preso.

Depois de ele estar morto, o povo todo junto o enterrou, porém deixou a ponta de sua perna fora da terra.

Tempos depois, algumas mulheres foram apanhar bacaba. Uma delas estava no alto da palmeira, quando alguém gritou:

– Cuidado com Te-djuáre!

A mulher olhou para trás e no mesmo momento foi golpeada por um osso pontiagudo bem no rosto. Era Te-djuáre que havia ressurgido. Mas, dessa vez, ele não mais possuía corpo, apenas cabeça, mãos e pernas. Uma delas, só osso.

Houve pedidos de socorro, e de pronto todos os guerreiros estavam lá para atacar Te-djuáre. Mas como matá-lo, se já estava morto?

Te-djuáre contra-atacou e, com a perna apontada, matou mais uma dezena, até que sumiu.

O povo nunca mais o viu, porém o medo ainda persiste.

– Se Te-djuáre reaparecer, o que faremos?

PITANOÉ

Mito de origem terena

Antigamente, antes da chegada dos brancos, andava por aí, às margens dos rios de Mato Grosso do Sul, um homem herói chamado Pitanoé.

Ele era como gente, mas tinha ferrão no calcanhar e, quando lutava com homens ou com animais, soltava um veneno e, em segundos, o adversário caía morto; por isso, era chamado de Pitanoé (escorpião), e ninguém tinha coragem de enfrentá-lo.

Alguns desconfiam de que ele era o próprio Yurikoyuvakái, o deus de duas faces, encarnado em gente. Mas ninguém sabe ao certo, justamente porque ele já se foi e não mais está entre os humanos.

Os sábios Kaixamonti dizem que, desde que os brancos apareceram matando indígenas e escravizando as pessoas, ele sumiu e nunca mais voltou.

Eis o Pitanoé.

KWAZA E A ORIGEM DO KUARYP

Mito dos povos Mehinaku, Aweti, Trumai, Kalapalo, Yawalapiti, Kamaiurá e Nahukua

Kwaza é o termo usado para designar os dois irmãos gêmeos, Sol e Lua, netos do deus Wamutsini, o criador do mundo.

Quando Sol e Lua ainda eram crianças, foram para a aldeia do pai deles. Lá cresceram e ficaram adolescentes.

– Ei, meninos! – disse-lhes, um dia, o pai. – Penso que está na hora de visitarem a aldeia do avô de vocês, o poderoso Wamutsini. Ele é quem lhes ensinará a arte da criação, porque precisam saber como criar a luz e criar a escuridão.

– Está bem, pai. Iremos à aldeia de nosso avô.

Foram para lá, um lugar chamado Morená, e ali cresceram e se tornaram homens poderosos. Certo dia, falaram para o avô:

– Vovô, vamos fazer uma festa em homenagem a nossa mãe.

– Está bem, podem fazer a cerimônia da sua mãe junto com seu pai.

Eles voltaram para a aldeia do pai. O nome do pai dos Kwaza é Itsumaryt, o homem-onça. Eles permaneceram muito tempo com o pai. Um dia, o povo do seu pai ouviu a opinião dos dois irmãos a respeito da realização de uma cerimônia para homenagear a morte de sua mãe. Os irmãos disseram ao povo do pai:

– Foi por isso que viemos para esta aldeia, para realizar essa festa.

No dia seguinte, o tronco do Kuaryp foi cortado pelo povo dos homens-onça. Cinco dias depois, foram pescar e demoraram dez dias para retornar à aldeia. Então, as pessoas decidiram convidar outro povo, os cascudinhos, que foram escolhidos para convidar para a festa o próprio povo, que é peixe. Eles foram indicados por compreenderem a língua dos peixes. Saíram para convidar o povo da aldeia Yku'a, a aldeia dos peixes, conforme tinham sido orientados pelo Sol e pela Lua.

Chegando lá, eles gritaram, dando origem ao grito das pessoas que vão fazer convite aos outros povos:

– Kaaako, kaaako!

O povo-peixe escutou esse grito, e todos da aldeia responderam:

– Uhu! Lá vêm as pessoas que chegaram para nos convidar.

Eles foram recebidos e sentaram-se em um banco no pátio; eram três convidadores, que na língua mehinako se diz moretá. Os peixes perguntaram qual era a mensagem deles.

Tati'i watu cumprimentou um deles, depois Myzyka watu cumprimentou outro, e, por último, Nipiaw watu cumprimentou o que ainda não tinha sido cumprimentado. Essas pessoas que fizeram os cumprimentos são os chefes. Eles conversaram e, na despedida, os três convidadores disseram:

– Vocês podem vir atrás da gente.

– Está bem, mas como iremos?

– Amanhã vocês irão.

– Mas que festa é essa? Quem é o dono dela?

– É uma festa realizada pelos irmãos Kwaza (Sol e Lua). Eles irão homenagear o falecimento de sua mãe.

Os convidadores saíram e retornaram para sua aldeia. No meio do caminho, acamparam. Quando amanheceu, seguiram caminhando e chegaram bem no finalzinho da tarde, gritando:

– Kaaako, kaaako! – como costuma gritar quem está chegando.

Os moradores da aldeia responderam:

– Uhu! Nossos convidadores estão voltando.

Um dos convidadores foi falar no centro da aldeia, e o pessoal segurou a sua mão, levando-o para a casa dos homens. Ele sentou-se e contou:

– O povo da aldeia Yku'a está vindo.

Depois de alguns dias, o povo-peixe chegou à foz do rio. Esses convidados foram caminhando até encontrar Katsini, que era uma pessoa antiga que estava pescando com flecha.

– Ali está Katsini pescando – disseram os peixes.

Quando Katsini se preparava para flechar um dos peixes, eles jogaram água nele, fazendo-o cair na água.

– Katsini! – disse o povo-peixe. – Venha conosco participar da festa Kuaryp, para você nos ajudar nas lutas.

– Está bem, eu vou com vocês.

O povo-peixe, então, levou Katsini com ele. Andaram muito até chegar à aldeia. À tarde, o pessoal da aldeia escutou os convidados peixes gritando.

Quando escureceu, os convidadores chegaram ao acampamento dos peixes trazendo mingau e beiju. Ao amanhecer, os peixes convidados começaram a se preparar para a festa, pintando-se todos, dos pés à cabeça. Quando o sol apareceu, os convidadores foram buscar os convidados no acampamento:

– Chegou a hora da festa. Vamos festejar!

– Uhu! Vamos lá – responderam os peixes.

Ao entrar na aldeia, eles se agruparam. Os primeiros lutadores da aldeia dos homens-onça foram Airaminá, o homem-anta, e, ao lado dele, Ajanamari, que é gente. Os lutadores eram todos onças. Os lutadores dos peixes foram os filhos de Nauri.

Nauri lutou com Airaminá e o derrubou; depois seu irmão foi lutar com Ajanamari e também o derrubou.

Para dar continuidade à festa, lutaram coletivamente até terminar o huka-huka (luta corporal). No final, os Kwaza foram cumprimentar os caciques peixes, levando-lhes mingau e peixe moqueado; depois cumprimentaram os outros peixes. Os donos da luta huka-huka são os Kwaza, que foram os que deram início ao Kuaryp.

MARAMY'JANGAT, O TRANSFORMADOR DE GENTE

Mito do povo Kaiabi

Maramy'jangat é um ser ou uma entidade da mitologia kaiabi que tem poderes de transformar gente em animais.

Ele anda por aí, vive sem paradeiro. Vira e mexe ele encontra alguém e pergunta se quer se transformar em algum animal. Assim, muitas pessoas têm deixado de ser gente para ser bicho.

Uma vez, Maramy'jangat, em viagem, encontrou-se com um homem que estava roçando.

O homem havia saído bem cedo para a roça. Enquanto estava amolando o machado, viu Maramy'jangat se aproximar. Desconfiado, reconheceu a entidade na forma de gente que surgia de trás de uma grande árvore.

Maramy'jangat chegou e disse:

– Olá, o que você está fazendo?

– Eu estou roçando.

– Por acaso, não gostaria de se transformar em algum bicho?

Pensativo, o homem pareceu ter gostado da ideia, mas logo discordou:

– Sim, isso parece interessante, mas agora não dá para continuar conversando com você, porque preciso terminar de roçar.

– Está bem, pode terminar de roçar.

O homem continuou roçando em torno de uma árvore, e Maramy'jangat jogou um cisco de pau no olho dele. O homem, agoniado com o cisco no olho, foi-se transformando em veado, e, como não estava enxergando direito, pediu para Maramy'jangat ajudá-lo.

– Eu ajudo, mas saiba que, agora, você não mais será gente, e sim um animal que escolheu ser, ainda que em pensamento.

Logo ele enfiou o dedo no olho do homem, mas só piorou tudo, ficando ainda mais difícil de enxergar. O homem puxou a própria a orelha e falou:

– O que você está fazendo comigo?

– Não se preocupe, sua orelha já está grande.

Maramy'jangat pegou uma pedra e a empurrou dentro da boca do homem; com isso, todos os seus dentes de trás foram quebrados, só restando os dentes da frente, tanto os de baixo quanto os de cima.

A entidade também lhe arrancou, com o próprio machado, três dedos, tanto das mãos quanto dos pés. Assim, ficaram só dois de cada. Depois, puxou o pescoço, a cabeça, o rabo, a perna e o braço do homem.

Assim, o homem que Maramy'jangat havia encontrado roçando foi transformado em veado. Por isso o veado gosta da capoeira e da roça nova.

Depois disso, Maramy'jangat continuou sua viagem, e, em todos os lugares em que encontra uma pessoa, ele, depois de conversar, pergunta se gostaria de se transformar em animal, e a transforma.

ANA†TXÏBÏ ITXÏTXÏBÏ

Mito do povo Yudja

O deus yudja chamado Ana†txïbï Itxïtxïbï é poderoso, e, além de fazer o mundo e descobrir os objetos para o sustento da humanidade, ele viveu também entre as pessoas.

Hoje ele mora no céu, mas, antes, vivia entre os yudja, tanto que se casou com uma mulher do meio do povo, cujo nome Indibta quer dizer "o deus do universo", que habitou entre nós e se foi.

No tempo em que era casado com a mulher yudja, Ana†txïbï Itxïtxïbï trabalhava com os parentes dela. Faziam casa, faziam canoa, faziam roça. Ele trabalhava junto deles porque também ensinava os homens a trabalhar, pois, naqueles tempos, só o deus sabia trabalhar com os objetos e tinha o conhecimento da plantação. Trabalhou tanto que ensinou a todos a arte do artesanato e da produção de alimentos.

Enquanto o sogro trabalhava, ele o ensinava a plantar. Fazia roças enormes e, depois de feitas, dividia cada quadra para cada um dos cunhados. Como as roças eram enormes, os parentes da mulher não davam conta do trabalho, e por isso Ana†txïbï Itxïtxïbï cedia a parte que não tinha dono para outros povos. Assim, todos conseguiam plantar suas manivas e seus carás.

Ana†txïbï Itxïtxïbï conseguia plantar todos os seus alimentos e também era bom no arco e flecha. A família da sua mulher gostava dele porque era trabalhador e repartia com todos suas embiaras.

O deus tinha um machado e uma foice feitos de metal. Naquela época, ninguém mais tinha instrumentos como os dele. Quando era tempo de roçado, ele saía da maloca, ia para o mato e falava:

– Venha, foice! Venha, machado! Vamos trabalhar!

Logo o machado e a foice de Ana†txïbï Itxïtxïbï começavam a trabalhar sozinhos, sem auxílios das mãos. Por isso, seu trabalho era rápido, e a produção era muito maior.

Ana†txïbï Itxïtxïbï sabia que não demoraria mais entre as pessoas, que era chegada a hora de viajar; por isso, preparou bem os humanos em tudo. Pensou até em dar o seu machado e a foice mágicos, mas imediatamente desistiu; no entanto, a vontade de dar um presente aos humanos era tanta que resolveu oferecê-los, porém sem seus poderes. Então falou:

– Eu vou embora, irei para o céu, mas deixo estas ferramentas para vocês, e assim trabalharão mais rápido.

Não demorou muito, e a esposa de Ana†txïbï Itxïtxïbï procurou por ele em sua rede, mas não mais o viu. Foi até o roçado, mas não estava ali. Perguntou ao pajé, que disse:

– Ana†txïbï Itxïtxïbï foi embora para o céu. Deixou tudo o que foi preciso. Nunca mais retornará, a não ser pelo espírito.

Assim, o mundo todo ficou órfão de Ana†txïbï Itxïtxïbï.

KUPÞKASÁK

Mito do povo Suiá

KupÞkasák é um monstro que vive na mata e parece com gente, porém tem pelos e uma boca cheia de dentes pontiagudos. Ele anda sozinho, mas mora em uma aldeia cheia de outros KupÞkasák.

Quando alguém anda na mata, toma sempre cuidado para não se perder, pois só os perdidos é que se encontram com KupÞkasák.

Dizem que, certa vez, um homem foi caçar macacos. Andou muito e acabou se perdendo. Foi nesse momento que encontrou vários macacos em cima de uma árvore. Ele armou o arco e flechou. Os macacos fugiram, mas dois deles foram mortos e ficaram pendurados na árvore. O homem resolveu subir para pegá-los.

Lá em cima, já tinha amarrado os macacos em seu ombro, quando olhou para baixo e viu KupÞkasák o fitando. Ele tremeu de medo. "E agora?", pensou. "O que farei para escapar desse monstro?"

O bicho estava parado e olhava fixamente para o caçador, que começou a chorar:

– Poxa, KupÞkasák, como você me encontrou, um Kátpytxi, com tanto mato para se caçar?

O bicho só repetia tudo o que o homem falava, pois os KupÞkasák não sabem falar, só repetem o que as pessoas dizem; por isso, quando alguém está na mata e resolve gritar, o eco na verdade não é eco, mas é KupÞkasák arremedando as pessoas.

O homem falou novamente:

– KupÞkasák, vá embora para eu descer!

KupÞkasák não foi embora. O homem, já há muito tempo pendurado, desceu assim mesmo.

Lá embaixo, KupÞkasák arremeteu sua borduna contra ele. O homem não morreu, mas ficou desmaiado. O bicho, então, pensando que o homem estivesse morto, fez um cesto de palha e o colocou atrás de suas costas.

No caminho da aldeia dos bichos, KupÞkasák ia caminhando, carregando o homem, quando de repente uma vespa voou e picou o homem, que acordou do desmaio.

O homem se mexeu nas costas do bicho, e KupÞkasák bateu nele com a mão. Em seguida, KupÞkasák pôs o cesto no chão e continuou a abrir caminho no mato. O homem esperou, imaginando o tempo que KupÞkasák demorava para retornar e, assim, dar tempo de fugir.

Assim que o bicho soltou o cesto pela segunda vez e saiu quebrando os galhos para passar, o homem saiu de dentro dali e colocou pedras em seu lugar. Em seguida, escondeu-se no arbusto ao lado. KupÞkasák voltou logo e colocou o cesto nas costas, sem olhar para dentro.

Livre do monstro, o homem correu para o outro lado e se salvou, depois de dias e dias de caminhada até achar sua aldeia.

ZURUGO, O ARRANCA-LÍNGUA

Mitologia de origem Iny

Antigamente, entre os Iny, Zurugo era um monstro comedor de gente que habitava a região do rio Araguaia.

Depois da chegada dos brancos, passou a ser chamado de Arranca-língua, que significa o mesmo que Zurugo.

Segundo os antigos, ele parece gente, mas, como o maior dos monstros da floresta, é todo peludo e tem o tamanho de uma árvore de médio porte. Sua força é descomunal, tanto que abre caminho em meio à mata quebrando árvores e galhos grossos.

Quando não havia brancos, suas vítimas eram sempre os indígenas, mais precisamente os caçadores que andavam pelo cerrado. O povo Iny, também chamado de Karajá, diz que Zurugo pode locomover-se pelo rio e atacar pessoas nas canoas, em lugares profundos.

Depois que os brancos chegaram e trouxeram com eles a criação de bois e cavalos, suas vítimas passaram a ser o gado. Não por acaso, após a noite e ao romper do dia, muitos já viram bois e cavalos mortos nos currais com a boca aberta e sem língua.

Em tempos antigos, muita gente tinha medo de Zurugo, o comedor de línguas, mas atualmente, em meio à urbanização cada vez mais avançada, até na região de cerrado Zurugo passou a ser esquecido.

KUPENDIEPES

Mito indígena de crença geral

Kupendiepes é uma tribo de homens-morcegos que não tem origem relacionada a nenhum povo, mas todos creem que exista e, por isso mesmo, a temem.

Essa tribo mora em cavernas, e seus membros têm hábitos noturnos e dormem de cabeça para baixo, pendurados no teto, assim como os morcegos.

Eles também têm asas, com as quais voam durante a noite, em busca de sangue tanto de animais quanto de gente.

Quando saem, voam em grupos, todos com flechas em punho, preocupados também com os humanos, pois sabem que tentam matá-los.

KATIRA

Mito indígena de Mato Grosso

Não se sabe se Katira é um nome tupi-guarani, ou seja, se pertence a alguma língua dessa grande família linguística, por também não se encaixar em nenhuma outra família da região; porém a lenda é verídica, e Katira tornou-se uma das entidades mais temidas da região, tanto por indígenas quanto por brancos. E, ainda que não indígenas tenham vindo depois, sem conhecer as raízes do mito, passaram a temê-la. Desde então, Katira ganhou formas mais perigosas ainda.

Trata-se de uma figura sobrenatural na forma de uma linda mulher, com características indígenas de longos cabelos e olhos puxados (alguns dizem ter olhos claros), que aparece nas margens dos rios pedindo ajuda. Se alguém tenta ajudá-la, tem um por cento de chance de sobreviver, pois a megera o puxa para a água turbulenta, onde se afoga e nunca mais retorna para seu lar. Ela, porém, no outro dia aparecerá pedindo ajuda em outro porto, em outra margem, sem nunca cessar. Quanto mais pessoas afoga, mata, mais ganha corpo físico.

Traiçoeira, nunca se deve virar de costas quando ouvir alguém pedir ajuda nos arredores de algum rio ou poço.

Sua casa, dizem alguns, é sob uma grande pedra submersa no rio Paraguai. De lá ela costuma cantar, e sua doce melodia atrai peixes e todos os animais para ouvi-la.

Mas por que ela mata pessoas? Porque, segundo dizem os antigos contadores de histórias, ela foi expulsa de sua aldeia ainda quando era gente e, depois de expulsa, morreu afogada, nas mãos de vários homens que abusaram dela. Por isso se vinga, fazendo com que outros homens sintam a dor que sentiu e que nunca esqueceu.

KYNYXIWE E A ORIGEM DO POVO INY

Mito do povo Iny

Kynyxiwe é o grande herói mítico do povo Iny, também chamado de Karajá e que habita a região do rio Araguaia, mais precisamente na grande e paradisíaca ilha do Bananal.

Kynyxiwe hoje vive no céu, na aldeia dos homens Biu Mahadu, mas antes morava entre os Iny, tanto é que se casou com Remeriri, uma moça iny com quem teve vários filhos.

No início do mundo, o povo Iny vivia no fundo do rio, junto com o povo Baharatxi Mahadu, em uma aldeia linda, cheia de frutas e muita comida. Ali o povo tinha tudo e vivia satisfeito e bem nutrido, sem precisar de mais nada; porém, um dia, por curiosidade, um jovem encontrou uma abertura, à qual deram o nome de Inysedena (lugar da mãe da gente), que ficava embaixo da ilha do Bananal. Ele entrou pela abertura e saiu no mundo da superfície.

Viu as árvores e ficou fascinado com as praias e a riqueza do rio Araguaia, a quem inicialmente os Karajá deram o nome de Berokan. Viu que ali havia muito espaço para correr, viajar e morar onde se quisesse. Na volta, chamou a todos, fez uma grande reunião e avisou sobre esse mundo recém-descoberto.

Animados com as narrativas do jovem, os Karajá resolveram deixar seu lugar de origem e subir para o mundo da superfície.

Não demorou muito, já instalados no mundo da superfície, sobrevieram-lhe as brigas, as doenças e a morte. Arrependidos, quiseram voltar. Reuniram-se na ilha do Bananal, mas, quando desceram até a abertura, viram que a passagem estava fechada e guardada por uma grande cobra, por ordem de Koboi, o líder dos Baharatxi Mahadu – o povo do fundo das águas.

Assim, sem ter mais escolhas, o povo Iny resolveu espalhar-se pelo vale do rio Araguaia, tanto na várzea quanto em terra firme.

Foi nesse tempo de dificuldades que a figura de Kynyxiwe apareceu, logo se destacou e lhes ensinou como pescar, além de ensinar o nome dos peixes, coisa que os Karajá não sabiam.

Não se sabe exatamente se Kynyxiwe era gente ou uma entidade que se havia transformado em gente para ajudá-los. O certo é que foi se destacando, se destacando e, conhecedor de tudo, cresceu e ganhou poderes não humanos, tornando-se, assim, poderoso.

Foi também nesse tempo que o povo Karajá aprendeu que existem três mundos: o mundo de baixo, o mundo do meio e o mundo de cima, para onde Kynyxiwe se foi quando os deixou. No mundo de baixo vivem os Baharatxi Mahadu, seus antigos vizinhos; no mundo de cima vivem os Biu Mahadu; e no mundo do meio, os Karajá, chamados Iny Mahadu (os humanos).

Foram os Biu Mahadu que, a pedido do herói Kynyxiwe, ensinou os Karajá a plantar. Assim, o povo Iny tornou-se agrícola e pescador, e, para celebrar toda essa odisseia, tem o ritual de Hetohoky (casa grande), ritual de iniciação masculina em que é narrada toda a aventura do povo até hoje.

GLOSSÁRIO

AKINHÁ EKUGU – Narrativas verdadeiras, expressas em língua kuikuro.

AKUNGA – Alma, em kuikuro.

HALITI – Nome étnico do povo mais conhecido pelos brasileiros como Paresí.

HÜATI – Pajé, em língua kuikuro.

JACUÍ – A flauta sagrada do povo Trumai.

INY – Nome étnico do povo mais conhecido, pejorativamente, como Karajá.

KUMANAUM – Raiz de uma planta não conhecida. O povo Kamaiurá a extrai para que os jovens a usem no período de reclusão.

KURARE – Veneno extraído de batráquios.

KWAZA – É o nome dado aos dois irmãos semideuses Sol e Lua, na cultura do povo Yawalapiti.

MALOCA – Cabana; casa redonda; casa de palha.

MEBÊNGÔKRE – nome do povo mais conhecido, pejorativamente, como Kayapó (mãos de macaco, em língua nheengatu).

YPAVU – No mito, é escrito Ypawu. Trata-se de uma lagoa sagrada para o povo Xiguano, muito conhecida na região. Lugar de pesca e de banho.

SOBRE YAGUARÊ YAMÃ

Yaguarê Yamã, além de escritor, é ilustrador, professor, geógrafo e ativista indígena, nascido no Amazonas.

Morou em São Paulo, onde se licenciou em geografia pela Universidade de Santo Amaro – UNISA e iniciou a carreira de professor, escritor, ilustrador e palestrante de temáticas indígenas e ambientais.

Em 2004 retornou ao Amazonas com o objetivo de retomar o processo de reorganização do povo Maraguá e de lutar pela demarcação de suas terras. Em 2015, criou a Associação do Povo Indígena Maraguá – ASPIM.

É autor do projeto "De volta às origens", que atua na reorganização cultural e social dos descendentes de povos indígenas, bem como no resgate da cultura e da língua falada pelos próprios indígenas.

Participou do festival folclórico de Parintins como conselheiro de artes da Agremiação Folclórica Boi-Bumbá Caprichoso, visando ao ativismo. É coautor de várias músicas de toadas ritualísticas desse mesmo festival.

Também atuou na Fundação Estadual do Índio – FEI, órgão do governo do estado do Amazonas, em Manaus, como coordenador de educação e cultura.

É integrante do Movimento de Literatura Indígena desde 1999, quando publicou seu primeiro livro, *Puratig, o remo sagrado*. Atuou no Núcleo de Escritores Indígenas – NEARIN e no Instituto Indígena Brasileiro – IMBRAPI, para propriedade intelectual, além de fazer parte, como vice-presidente, do Instituto WEWAÁ.

É autor de mais de trinta livros, entre infantis, dicionários e contos, com os quais ganhou alguns prêmios nacionais e internacionais, como o Altamente Recomendável (FNLIJ), o White Ravens, da Biblioteca de Munique (Alemanha), o da Feira de Bologna (Itália) e o do PNBE.

Como ilustrador, é especialista em grafismos indígenas, trabalhando nos próprios livros e participando em obras de outros autores. Nas artes plásticas, participou na obra "Etnias – Do primeiro e sempre Brasil", da escultora Maria Bonomi.

Pertence à Academia Parintinense de Letras e, desde 2020, atua como sócio-fundador da Academia da Língua Nheengatu – ALN, na companhia de várias lideranças, para o resgate da Língua Geral como língua franca de toda a bacia amazônica.

SOBRE IKANÊ ADEAN

Ikanê Adean Aripunãguá é natural da cidade de Manaus, no Amazonas. Tem vinte e cinco anos de idade e é uma jovem liderança intelectual do povo Maraguá.

Com ensino superior completo, é professor de educação física, formado pela Universidade do Estado do Amazonas – UEA.

Especialista em lendas e mitos de origem indígena e pesquisador de esportes e lutas nativas, é autor de alguns livros infantojuvenis, entre os quais *Kunumã, um curumim quer ir à lua*, e *A lenda de piripirioca, perfume da Amazônia*.

O que pensa e deseja é continuar estudando e mergulhando mais e mais na literatura infantojuvenil, para onde leva suas vivências da aldeia, e na contação de histórias, muito comum na cultura de seu povo.

BIBLIOGRAFIA

Bray, Ga; Champagne, CM. Beyond Energy Balance. ThereismoreToobesityThisKilocalories. Journal American Diet 2005; 105 517-523.
Schroeder H A.Losses of vitamins and trace minerals resulting from processing and preservation of foods. American Journal Clinical Nutrition – 1971; 24;562-573

Seeram NP. Berry Fruits For Cancer Prevention: Current Status and Future Prospects – J. Agric. FoodChem. 2008; 56 (3): 630-5

YuYm, ChaneWc, et. al. Reduction of Oxidative Stress And Apoptosis in Hiperlipidemic Rabbits By Ellagic Acid. J. Nutrition Biochem. 2005 nov; 16 (11): 675-81

The Nitritc Oxide Solution – Nathan S. Bryan and Janet Zerd/ Nitrite And Nitrate in Human Health and Desease – Nathan S. Bryan and Joseph Loscalzo.

Lyon, França 2015, sede do IARC – Agência Internacional de Pesquisa do Câncer, publicada na revista The Lancet Oncology.

Crinnion Walter J. "Sauna as a valuable clinical tool for cardiovascular, autoimune, toxicant – inducent and other chronic health problem". Fonte: Alternative Medicine Review, sept 2011.

Adrenal Fatigue: The 21ST Century Stress Syndrome. Autor: James L. Wilson Ph.D – SmartPublication 2001.

Medicine and Science in Sports and exercises – nov/2017. Jefrey Woods – cientista da Universidade de Illinois/EUA.

M. S. Willis, Etal. Proteic Toxicity and cardiac dysfunction - alzheimer's diseases of the heart?. New England, Journal of Medicine. Jan/2013.

Text Book Of Natural Medicine
Pizzorno / Murray

Saúde Total
William Davis MD

Barriga de Trigo
William Davis MD

Cleanse Your Body, Clear Your Mind
Jeffrey A. Morrison MD

The China Study, The Most Comprehensive Study Of Nutrition Ever Conducted T.Collin Campbell, PhD

Doenças Autoimunes
Amy Myers

Stopping Inflamation
Nanci Appleton, PhD

O Mito do Colesterol
Stephen Sinatra MD

Protein Aholic
Garth Davis MD

Superimunidade
Joel Fuhrman

Remédios que Curam, Remédios que Matam
Dr. Artur Lemos

Magnésio – o que ele pode fazer por você
Dr. Arnoldo Velloso da Costa
Vitamina D
Prof. Dr. Michael Holick

Reversing Hypertension
Julian Whitaker MD

Medicina que Cura, Medicina que Adoece
Dr. Hans Georg Eberhardt

Caminhos para Reforma da Medicina
Dr. Hans Georg Eberhardt

As Mensagens da Água
Masaru Emoto

TextBook Of Functional Medicine
Institute For Functional Medicine

Cem Anos de Mentira
Randal Fitzgerald

Como proteger-se dos produtos químicos que estão destruindo a sua saúde
Randal Fitzgerald

The longevity code
Kris Verburgh, MD

O código do diabetes
Jason Fung, MD

Strogeneration
Antony G Jay, MD